In brandloch II trifft großer Weltschmerz auf kleine Alltagsfreuden. Handynotizen von einem, der planlos in den Tag lebt und so das schnelle Glück sucht. Der Gang in die Kneipe ist auch die Flucht vor menschenverachtender Politik und der fortschreitenden Klima-Apokalypse. Hubertus Kochs aufgeheizte Gedichte lesen sich als antikapitalistischer Appell an Genügsamkeit und Genuss. Die Welt geht vor die Hunde! What a time to be alive!

Hubertus Koch, 1989 in Dorsten geboren, ist preisgekrönter Journalist und Filmemacher. Er hat noch immer nicht mit dem Rauchen aufgehört und ist trotzdem ein Jahr älter geworden. Das merkt man seinem zweiten Gedichtband an. Zwischen Depression und Lebensfreude arbeitet er sich in brandloch II weniger an sich selbst und mehr an den Missständen der Welt ab – allen voran der Klimakrise und einer nach unendlichem Wachstum strebenden Welt. Entstanden sind aufgeheizte Gedichte, die sich als Jahresrückblick 2021 lesen – gleichermaßen persönlich und gesellschaftskritisch.

hubertus koch
brandloch II
aufgeheizte gedichte

Trabanten Verlag Berlin

1. Auflage November 2021

Veröffentlicht im Trabanten Verlag
Berlin, November 2021

Illustrationen: Hubertus Koch
Umschlagkonzept: Carl Eidtmann, Fabian Leonhard
Umschlagabbildung: adike/Shutterstock.com
Druck und Verarbeitung: CPI books GmbH
ISBN: 978-3-9822649-8-1

www.trabantenverlag.de

für alle,
die hinterm rücken
keine scheiße labern

TEIL I
LIEBEN & GRÜBELN

is it love?
kein schmetterling fliegt
nur die schleimige raupe
frisst im matschigen apfel
er nennt sich herz

die fliege
mein puls pocht laut
wie hammerschläge
kann nicht pennen
würd' es gerne
sowie ich wach
und einsam liege
lacht auf meiner stirn
die fliege

liebeskummer
drei tage müssen reichen

lebbe geht weider
bin gut im training
hab dich grad gesehen
gehen wir mal aus?
auf einen kaffee?
lieber ein schnaps!
eyo, was für ein plan!
läuft wie geschmiert
komm auf bräute nicht klar

dönerliebe
salat ist frisch
und tot das kalb
unterm tisch
erregt die taube
weil die andere balzt

fischtreppe

sie sagt
sie hat angst
und ich sei ein löwe
fühlt sich wie 16
als ich sie küsse
am bach zittern beide
und eng umschlungen
versinkt die sonne
hinter uns

streunender köter
frag nicht wo ich war
sag du freust dich
mich zu sehen
denn ich freu mich
dich zu sehen
und ist das nicht
alles was zählt?

rätselraten
eins
zwei
oder drei?
ob du wirklich richtig liebst
siehst du beim
chlamydientest

1
2
3

perfekter sonntag
erst geweckt mit nem blowie
dann zusammen gekommen
und später auf schalke
ingolstadt maßgenommen

rumgemache
mich dünkt
was ich schon weiß
ich hab kein bock
auf diesen scheiß

INTERLUDE FELDHAMSTER I
2018

feldhamster I

jeder gedanke den du hast
der ist irgendwie schlecht
du lebst überall
aber nicht im hier und jetzt
siehst nix gutes mehr
nur das nächste projekt
und wenn das durch ist
geht's dir gut
also diesmal in echt
aber hast du es dann fertig
hat es wieder nicht geklappt
scheiße
immer noch nicht glücklich
fuckst dich sofort wieder ab
ein leben in nem hamsterrad
weiter! weiter! weiter!
todunglücklich ganz oben
auf der karriereleiter
trotz geld
macht
frauen
und sozialer anerkennung
kannst du nüchtern
allein zuhaus
nicht anders
als flennen
denn irgendwie reicht gar nix
alter nix ist genug!
dauernd nur gestresst

von der kippe nur ein zug
dass du glücklich warst
ist gefühlt tausend tage her
denn heutzutage
macht sogar saufen keinen spaß mehr
vom koksen ganz zu schweigen
nur mittel zum zweck
hast auf der arbeit keine angst
aber allein in deinem bett
da schleicht die panik in dir hoch
druck auf deiner brust
insgeheim weißt du so lange schon
dass du was ändern musst
aber du kannst nicht
hast angst
das hier alles zu verlieren
denn ohne job
ohne auto
was will die welt dann noch von dir?
das bist doch du
dieser anzug deine identität
kannst keine pause machen
weil das nächste projekt ansteht
also weiter! weiter! weiter!
mit vollgas in den sarg
depression
suizid
oder erster herzinfarkt

TEIL II
SEHEN & GRÜBELN

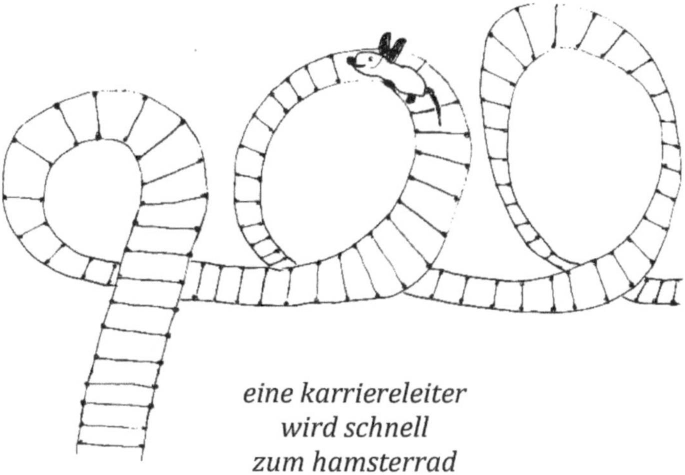

eine karriereleiter
wird schnell
zum hamsterrad

dreckige kohle
intrigen
burnout
klassenkampf
was das geld
aus menschen macht

apokalypse
die erde
wurd‘ ans geld verkauft
sie sind hier!
sie sind laut!
weil man ihre zukunft klaut!

to be honest
what do they want?
climate justice!
when do they get it?
in diesem leben nicht mehr

kabul
wir sind dann mal weg
bleibt ihr mal da
vogelwild
allahu akbar!

der markt regelt
viel auf pump
und meistens schrott
die welt ist
ethisch
moralisch
bankrott

ahrweiler
keine arche
nichts macht mehr sinn
komm,
süße sintflut
und spül' mich dahin

präsidial gelassen
ob pest
ob krieg
ob klimakollaps
egal was mich am ende killt
mit anfang 30
ist alles halb so wild

overperforming
mode
bühne
instagram
wer alles macht
der macht nix richtig
denn
wer bist du eigentlich?

lobby-laschet
autos schwimmen
dürren morden
aus irgendeinem grund
ist klima ein thema geworden

corona-kopfficks
maskierte kinder
schwer verwirrt
denn du bist schuld
wenn oma stirbt

deutschrapmetoo

fünf minuten für dich
sind ein leben für sie

den bauern
wird das wasser knapp
in brandenburg
lacht elon musk
die reichen
ziehen die armen ab
und jeff bezos
fliegt ins all

showbusiness

ich bin cool
und wer du bist
ist mir egal
denn ich bin cool

oder?
sag dass ich cool bin!

ehrliche arbeit
in der bahn
fahr ich zum sport
ein maurer sitzt
und schläft sofort

alle wälder bleiben!
muss was tun
die welt verbrennt
kämpfe im baum
gegen ökozid
und gesetz
das ihn befiehlt

so schön wie im wald
war's draußen nie
ich lebe solidarisch
in temporärer utopie

die armee reitet ein
wasserwerfer
übermacht
knüppel in die fresse
und zwei jahre knast

baumhäuser zerstört
doch mein geist bleibt frei
bei jedem schrei:
du!
bist!
nicht allein!
du bist nicht allein!

realitätsferne correctness
alle schlau am twittern
studierte onkel und tanten
dat schlimmste vonne welt:
die intoleranz der toleranten

scheiß geld
in den türmen traden bänker
auf den straßen betteln bettler
konten voll und becher leer
mein herz wird schwer
in frankfurt am main

hab dich nicht so
is doch kein ding
hast nie gelernt
konsens is king
missbrauch als standard
sie war doch rohrvoll
stand up speak up
and jail them all!

„wozu hab‘ ich philosophie studiert?“
annette dittert
ist verdattert
wenn sie twittert

NEWS

INTERLUDE FELDHAMSTER II
2021

feldhamster II

dein blick ist getrübt
deine wahrnehmung verzogen
du stehst dir selbst im weg
mit deinen gottverdammten drogen
das einzige was hilft
das hat schon goethe erkannt
ist die flucht ins einzig echte:
der naturzustand
sturm und drang
guck der eisbach da
splitterfasernackt
spring in das wasser von drei grad
fühl dich wie der king
und guck mal da ein schmetterling!
eyo was stimmt denn nicht mit dir?
wozu rennst du eigentlich?
schlender ganz in ruhe
keine autos hier in sicht
lenk den blick auf die felder
schwarz und weiß stehen sie da
diese kuh und ihr kalb
machen nix den ganzen tag
und fressen nur genauso viel
wie in die mägen passt

darüber steht ein falke
still am himmelszelt
fokussiert auf die ratte
die's mit moral nicht immer hält
der falke stürzt sich runter
packt sie fest mit seinem schnabel
mit ruhe auf die jagd gehen
ist ne vorbildliche gabe
doch vom aussterben bedroht
der heimliche star
lebt versteckt unter der erde
dieser feldhamster
mümelt friedlich seine körner
hat den ganzen tag gesammelt
und ist an und für sich
ganz zufrieden mit allem
und so sitzt der hamster
ganz entspannt in seinem bau
weil er in freier natur
gar kein hamsterrad braucht

TEIL III
LEBEN & GRÜBELN

für die wichtigsten entscheidungen
gibt es keinen applaus

what a wonderful world
das größte geschenk
das das leben macht
ist wenn man
keine depressionen hat
und man dann
einfach mal
genießen kann

corona is vorbey
es geht wieder los
trink draußen mein bier
muss muss
bei dir?

tagedieb
ich bin am sitzen
rauche ringe
dies das
verschiedene dinge

passierschein a38
ich mach konzept
und ewig besprechung
schreib nochmal um
hundert mal zoom
und am ende
mach ich doch nix
lol
öffentlich-rechtlich

kneipe

wie hab ich dat vermisst
sitzen annem tisch
und erzählen
wie et is

alkoholproblem
hab's eingesehen
wobei nee
alle saufen
is okay

abstinent
acht wochen clean
oh welch ein wunder
fühl mich gut
und viel gesunder
nur muskelkater
tut mir weh
anstrengendes sportlerleben

duschgel
müllsäcke
klostein
staubsaugerbeutel
zwiebeln
olivenöl
ich hab mein leben im griff

rucksack
zweites deutsches fernsehen
erst danach
ist raum für fernweh

aufgehört
rauche feierlich
die letzte kippe
haha als ob
gib ma eine

wasserhahn
die pein hört auf
wenn ich ihn zumach
zurück ins bett
werd nicht gefoltert
schön.

das leben ist ein fluss und kein kanal

aufs motel one lass ich nix kommen
aquarium auf dem screen
betten frisch gemacht
duschen
schlackern
fernsehen an

alleine tanzen
der ball vorbei
endlich frei
im mond allein
zuvor erdrückt

von leere
neurosen
und girlanden
in einem leben
dominiert
von angst
spießigkeit
und bohnerwachs

perfekter montag
ausgeschlafen
lohn bekommen
und in der post
keine rechnung

what a wonderful world II
im süden brennt der ozean
aus wäldern wurde autobahn
schweine eng im kastenstand
und in der arktis dreißig grad
kinder?
sind grad nicht geplant

redaktionelle abnahme klima-film
zu apokalyptisch!
metaphysisch!
aktivistisch!
jetzt mal ehrlich:
öffentlich-rechtlich?
nix für mich
glaub ich
kein plan

wie kann die darstellung
der klima-katastrophe
zu apokalyptisch sein?

klima vor acht
die klimakatastrophe
ist in den medien
nur ein thema
von so vielen

dabei gilt:
rente
wirtschaft
promiflash
ohne klima
ist alles nichts

schnauze!
das schönste
am freiberuflerdasein
ist frei sein

sabaidee
corona
schon im zweiten jahr
aus guesthouse
wurde chicken farm
wie schön
dass wir gefactimed haben

dr. google
roter ball
blauer ball
feuer und flamme
dann wieder egal
kopf wie ein welpe
immer nur stress
hab bisschen gelesen
ist das adhs?

depressionsministerium

ich kleine wurst
hab eine bitte
die ich in parlamente schicke:
macht gerechte politik!
dann bin ich nicht depressiv

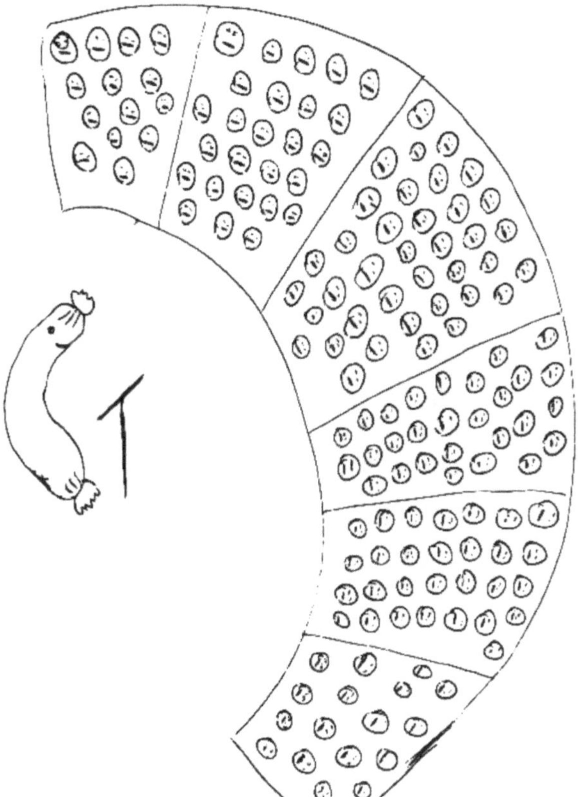

perfekter freitag
zwanzig uhr
alle sind hier
jetzt wird wieder konsumiert
api spritz
crémant
und bier
jedem tierchen
sein plaisir
hier bin ich mensch
macht alles sinn
die kneipenbank
spiegelt die seele
denn es ist
ein brandloch drin

okbisdanntschüss

Ok, was ich kann, kannst Du schon lange: